大作家写给孩子们

# 托尔斯泰生活观察小记

［俄罗斯］列夫·托尔斯泰 著
Pezzin 绘
赵浩瑜 译

江苏凤凰文艺出版社

图书在版编目（CIP）数据

托尔斯泰生活观察小记 /（俄罗斯）列夫·托尔斯泰著；Peilin 绘；赵浩瑜译. -- 南京：江苏凤凰文艺出版社，2025.1. --（大作家写给孩子们）. -- ISBN 978-7-5594-8864-0

Ⅰ. I512.85

中国国家版本馆CIP数据核字第2024GP2914号

## 托尔斯泰生活观察小记

［俄罗斯］列夫·托尔斯泰 著　　Peilin 绘　　赵浩瑜 译

项目统筹　尚　飞
责任编辑　曹　波
特约编辑　王晓晨
装帧设计　墨白空间·李　易
出版发行　江苏凤凰文艺出版社
　　　　　南京市中央路165号，邮编：210009
网　　址　http://www.jswenyi.com
印　　刷　河北中科印刷科技发展有限公司
开　　本　880毫米×1230毫米　1/32
印　　张　4.375
字　　数　34千字
版　　次　2025年1月第1版
印　　次　2025年1月第1次印刷
书　　号　ISBN 978-7-5594-8864-0
定　　价　48.00元

江苏凤凰文艺版图书凡印刷、装订错误，可向出版社调换，联系电话 025-83280257

# 目录

狗的故事　　1

动物小记　　43

植物小记　　73

物理小记　　89

# 狗的故事

## 布尔加

我有一条斗牛犬。它叫布尔加。除了前爪尖的一点白色以外，它浑身都是黑色的。一般的斗牛犬下巴都比上唇凸一些，下牙兜着上牙，而布尔加的下巴突出得厉害，我甚至可以把手指放进它的两排牙齿之间。它的脸很宽，眼睛又大又黑，闪着光。它的门牙连同其他牙齿一起非常显眼地翘在外面。它如黑夜一般漆黑。它很温柔，从不咬人，但也健壮又固执。一旦咬到什么东西，它就会锁紧牙关，像钳住一块毯子一样，仿佛就是一只大龙虾，那东西别人根本扯不下来。

　　有一次，布尔加和一头熊周旋。被熊放开的瞬间，它立刻转头咬住了熊耳朵，像一条水蛭一样吸在上面。熊挥起掌拍它，掐住它左右甩来甩去，它都不肯松开熊耳朵。熊实在没办法，头朝下栽下去，想用自己的身体砸跑它。但是直到人们朝布尔加泼了冷水，它才勉强松了口。

　　当布尔加还是只小狗的时候，我就养着

它。我去高加索时原本不想带它一起,所以我一个人悄悄地离开,还命令它不许叫。过了第一站,我正准备换乘时,突然看见一个黑色的东西一路冲了过来。那是戴着黄铜项圈的布尔加。它朝着车站全速飞奔过来。它冲向我,舔我的手,在小推车的阴影里伸展身体。它伸出舌头——有一整只手那么长,又收回舌头,吞一口吐沫,过一会儿又伸出来——

有一整只手那么长。它试图快速呼吸，但喘不上气来，身体不断地颤抖。布尔加在地上翻来翻去，不断用尾巴敲打着地面。

后来我才知道，我离开之后，它打碎了一扇窗户，跳了出来，沿着路上我的踪迹，在燥热的天气下飞奔了二十俄里[1]。

---

[1] 俄里，旧时俄罗斯使用的长度单位，1俄里约等于1.1千米。——编者注（书中脚注均为编者注）

## 布尔加和野猪

有一次,我们去高加索打野猪,布尔加也和我一起。猎犬刚一出发,布尔加就朝着它们发出声音的方向追去,消失在了森林中。那会儿是十一月,公猪和母猪已经相当肥硕。

在高加索,野猪栖息的森林中有很多可以食用的水果:野葡萄、松果、苹果、梨、黑莓、橡子和野李子。野猪吃了这些经历霜冻后熟透的水果,也渐渐胖了起来。

有一头野猪太胖了,胖到根本逃不过猎犬的追捕。大概两个小时后,野猪被追进灌木丛停了下来。猎人们跟着跑过去,朝着野猪的方向开枪。通过猎犬的叫声,人们可以判断出野猪是不是还在跑。如果野猪在跑,猎犬会像被打了一样惨叫;如果它停下了,猎犬会发出仿佛看到人一样的号叫声。

那次狩猎,我在森林中跑了很久,但一直没有遇到野猪。终于,我听到了猎犬扯着嗓

子的叫声，便朝那个方向跑去。我已经离野猪很近了，能听到灌木被撞断的声音。野猪转过身对着猎犬，但是我无法从叫声中听出它们是已经抓住野猪了，还是只是跟在野猪身边打转儿。突然，我听到身后有什么东西发出了窸窸窣窣的声音，我环顾四周，看到了布尔加。显然，它已经跟不上野猪和猎犬的踪迹，在森林里迷路了，但现在布尔加听到了猎犬的叫喊声，所以和我一样，加快步伐朝着它们跑去。布尔加跑过一片杂草高耸的空地，我只能看到它黑色的脑袋和它从大白牙之间伸出的舌头。我想叫它回来，但它没有理我，而是径直从我身边跑过，消失在了灌木丛中。我赶紧追了上去，但越往前走，灌木丛越密。树枝一直撞到我的帽子，还抽打我的脸；我的外套也被荆棘的刺钩住。这时我已经离号叫的猎犬很近了，但还是什么也没看见。

突然，我听到猎犬叫得更大声了，伴随着巨大的撞击声和野猪发出的沉重叫声。我立刻意识到，布尔加已经抓住了野猪并正和它缠斗在一起。我使出全身力气穿过灌木丛，在灌木最茂密的地方，我看到了一条斑点猎犬。它朝着一个地方不停地狂吠和号叫。离它三步远的地方，我看到一个黑色的东西在挣扎。

我走近看，认出了那头野猪，这时，我听到布尔加发出了尖锐的呜咽声。野猪咕哝着冲向猎犬，转眼间，猎犬夹着尾巴跳了出去。我可以看到野猪的头和侧面，于是瞄准它开了一枪，看起来打中了。野猪咕哝着从我身边冲过灌木丛，猎犬循着它的踪迹呜咽着叫了几声。我试图跟着它们穿过灌木丛。突然间，我感到脚下有什么东西。是布尔加。它侧躺着低声哼叫，身下有一摊血。我以为它死了，但当下我

没工夫照看它。我继续穿越灌木丛，很快就看到了野猪。猎犬正试着从背后抓住它，野猪不停地扭转身体，时而转向一侧，时而转向另一侧。野猪一看到我，就朝我撞了过来。这时我开了第二枪，枪管几乎就抵在它的身上，引得它的鬃毛着起火来。野猪呻吟着，摇晃着身体，重重地倒在了地上。

我走上前来时，野猪已经死了，身体时不时地抽搐几下。几条猎犬撕扯着它的肚子和腿，身上的毛都竖了起来，另外几条猎犬则舔着野猪伤口上的血。

这时我想起了布尔加，回头去找它。它呻吟着爬到了我的身边。我检查了布尔加的伤口。它的肚子被撕开了，整条肠子都掉了出来，拖在干枯的树叶上。我的同伴们来了之后，我们一起把肠子放回去，缝合了它的肚子。用针穿过它的皮肤时，它一直在舔我的手。

我们把野猪绑在马尾巴上，从森林里拖了出来。布尔加被安置在马背上带回了家。大约六个星期之后，它就恢复了健康。

**雉鸡**

野鸡在高加索被叫作雉鸡。因为数量很多，所以它们比家养的鸡便宜。一般来说，抓榛鸡要用到"木马",或者先把它们吓出来,或者用猎犬来抓。用"木马"捕猎的方法是这样的:人们把帆布撑开卡在画框上,在画框中间做一个十字架,再在帆布上掏一个洞。这个挂着帆布的画框就叫作"木马"。人们带着"木马"和枪去森林里,把"木马"撑在身前,通过上面的洞可以观察到榛鸡的踪迹。破晓之初,榛鸡在空地上觅食。有时是整整一窝——母鸡和它所有的孩子。有时是一对夫妇,或者几只聚在一块儿的公鸡。

因为雉鸡看不到人，它们也不怕帆布，所以猎人可以靠得很近，然后将"木马"放在地上，举着枪伸进洞里，向他看中的雉鸡开枪。

把它们吓出来的方法是这样的：猎人会放一条猎犬进森林并跟着它，猎犬看到雉鸡时就会冲上去，雉鸡受到惊吓飞到树上，猎狗冲着雉鸡狂吠，猎人就可以顺着犬吠的方向把雉鸡射下树。如果雉鸡飞到空地中央的一棵树上，或者降落在树上后静止不动，用这种方法就很简单，因为你很容易就能看到雉鸡的位置。但事实上，它们总是落在枝繁叶茂的树上或灌木丛间，而且它们只要发现了猎人，就会立刻躲

到树枝后。除非是很有经验的猎人，其他人很可能站在雉鸡面前也发现不了它们。

哥萨克人偷鸡的时候，会用帽子遮住脸，眼睛不朝上看，因为虽然雉鸡害怕拿枪的人，但它们更怕人的眼睛。

如果用猎犬，就要这样做：首先，人们会带一条猎犬去森林，犬嗅到雉鸡在黎明时分吃食的地方，开始辨认它们的踪迹。无论雉鸡的气味多么混杂，优秀的猎犬总能找到最新的那条踪迹，从雉鸡吃食的地方跟出来。猎犬跟得越久、走得越远，闻到的气味就越浓，很快就能找到雉鸡白天在草丛中坐过或走动过的地方。当它快要靠近雉鸡所在的位置时，会移动得很小心，以免吓到雉鸡，并时不时停下来，准备跳起来抓捕。当猎犬来到雉鸡身边时，雉鸡会受到惊吓飞起来，猎人就可以趁机射杀它们。

## 米尔顿和布尔加

我买了一条猎犬用来抓雉鸡，给它取名叫米尔顿。这是一条灰色的斑点狗，又高又瘦，嘴唇和耳朵都很长。它非常强壮且聪明，从不和布尔加打架。没有狗会想和布尔加打架。只要布尔加露出牙齿，别的狗就会夹着尾巴灰溜溜地逃走。

　　有一次我和米尔顿去抓雉鸡。突然，布尔加追着我跑进森林。我试图把它赶回去，但是没能成功。我们已经出发有一段时间了，现在送它回家有些太远。我想，反正布尔加也不碍事，就带着它一起上路。但只要米尔顿在草丛里嗅到雉鸡，开始追踪，布尔加就冲上前左右乱跑，想抢在米尔顿之前吓跑那些雉鸡。它一听到什么东西在草丛里动，就跳进去打转儿，可它的嗅觉并不好，凭自己根本找不到野鸡的踪迹，所以它盯着米尔顿，看米尔顿往哪边去。一旦米尔顿跑了起来，布尔加一定要跑在它前面。我把布尔加叫回来，打了它几下，但是没有用。米尔顿一开始追踪,布尔加就冲上前干扰它。

我觉得基本没戏了,准备回家去,但是米尔顿发现了一个甩掉布尔加的好办法:只要布

尔加冲到它前面，它就立刻转身往另一个方向跑，装作自己其实在搜索另一边，这时布尔加就会跟着它掉头，米尔顿则摇着尾巴看看我，然后跑向原本正确的方向。而布尔加会再次追上米尔顿并超过它，米尔顿则顺势再向另一个方向跑十几步，直到把我引去正确的目的地。就这样，米尔顿一直把布尔加耍得团团转，这才没让它毁了这次打猎。

## 乌龟

有一次我和米尔顿一起去打猎。它从靠近

森林附近时就开始搜索。它伸直了尾巴，竖起耳朵四处嗅。我弄好枪之后也跟了上去。我以为它在找鹧鸪、野兔或野鸡之类的，但米尔顿走向了田野，并没朝森林里去。我顺着它的方向往前看，突然看到了它在找的东西。它面前趴着一只小乌龟，像顶帽子那么大，深灰色的脑袋光秃秃的，脖子很长，像捣药的杵一样。乌龟爬行的时候，每条腿都伸得很长，它的背上落满了树皮。

它一看到米尔顿，立刻把腿和头都收了起来，趴在草地上，只露着壳。米尔顿抓着它咬，但咬不穿，因为乌龟的腹部也有像背部那样的硬壳，只有前、后、侧面这些用来伸出头、尾巴和腿的地方是有开口的。

  我把乌龟从米尔顿的嘴里拿出来,试着看清它后背上的花纹,也想看看是哪种壳,还想弄明白它是怎么把自己藏起来的。把它抓在手里,顺着壳的缝隙向里看时,能看见里面有黑色的东西在动,就像在地窖里一样。我扔掉乌龟继续往前走,但米尔顿不肯丢下它,把它叼在嘴里跟在我身后。突然,米尔顿呜咽了一声,松了口。原来是乌龟把脚伸进了米尔顿的嘴里。米尔顿气得大叫起来,接着又叼起乌龟跟在我身后。我命令米尔顿把乌龟扔掉,但它根本不理我,我只好把乌龟抢过来扔掉,但米尔顿还是没有丢下它,而是飞快地在旁边挖了一个洞,把乌龟扔进去用泥土盖住了。

　　乌龟生活在陆地和水中,就像蛇和青蛙一样。它们靠龟蛋来繁育后代。乌龟不孵化龟蛋,只是把它们放在地上,龟蛋就会像鱼卵一样自己裂开,从里面爬出小乌龟来。这些小乌龟比茶碟还小。大乌龟有七英尺长、七百英担

重。[1] 大型龟一般生活在海中。

一只乌龟在春天可以产几百个蛋。乌龟的壳就是它的肋骨。人和其他动物的肋骨都是分开的，而乌龟的肋骨是连在一起的，形成了龟壳。但最特别的是，其他动物都是肋骨长在身体里面，乌龟却是肋骨在外面，身体在里面。

## 布尔加和狼

当我离开高加索的时候，那儿还在打仗，

---

[1] 1 英尺等于 30.48 厘米，1 英担约等于 50.8 千克。

晚上没有警卫的时候，出行是一件很危险的事。

但我想尽早离开，就在晚上出发了。

那天我的朋友来送我，一整晚我们都坐在村里那条街上，就在我那座小房子前面。

那是个雾蒙蒙的月夜，虽然月亮藏了起来，但月光亮得让人能看清书上的字。

半夜，我们突然听到街对面的院子里传来猪的号叫声。有人喊道："狼要咬住猪了！"

我跑进屋里，抓起一把上好膛的枪，跑到街上。其他人站在对面的院子门口，对我喊道："在这儿呢！"米尔顿跟在我身后向前冲——毫无疑问，它以为我带着枪是要出去打猎。布尔加竖起它的短耳朵左右摇晃,好像在问它接下来要抓谁。当我跑到柳条栅栏边时,看到一头猛兽从院子的另一边直奔我而来。那是一头狼。它跑到栅栏边跳了上去。我走到一旁,固定好枪。狼从栅栏跳到我身边的那一刻,我瞄准了它,距离近到枪几乎要抵在它身上。"咔嗒"一声,我扣动了扳机,但子弹没有发射出去。狼趁机一刻不停地跑到了马路的另一边。

　　米尔顿和布尔加朝狼追去。米尔顿离得更近,但不敢上去抓它;布尔

加虽然跑得飞快，但它毕竟腿短，完全追不上狼。我们都拼命加快速度追狼，但很快，狼和狗都跑得没影儿了。只有到了村子尽头的沟渠附近，才听到低沉的犬吠声和呜咽声，伴随着月雾中扬起的尘土，狗忙着追狼。当我们跑到沟渠边时，狼已经不在了，两条狗带着竖起的尾巴和满脸的愤怒回到了我们身边。布尔加咆哮着用头撞了我一下：它显然想告诉我点什么，但不知道怎么说。

我们检查了两条狗，发现布尔加的头上有一个小伤口。显然，它在跑到沟渠之前就追上了狼，但还没来得及抓住，狼就咬了它一口然后跑了。只是个小伤口，所以没有大碍。

我们回到小房子，坐着聊刚才发生的事情。我很生气那一枪没放出去，如果当时射中了，狼就会被困在原地。我的朋友不明白狼是怎么翻进院子里的。一个老哥萨克人说，这没什么大不了的，因为那不是狼，而是对我的枪施了魔法的女巫。我们继续坐着聊天，突然，狗跑了出去，我们在街中央又看到了那头狼。但这一次，狼一听到我们的叫喊声就飞快地跑了，狗也没追上它。

在那之后，老哥萨克人就坚信那不是狼，而是女巫。但我认为那就是一头疯狼，因为狼被赶走后还会回来找人这种事情，我从来都没见过，也没听说过。

不管怎么说，我在布尔加的伤口上倒了一些粉末然后点燃。粉末一闪消失，带走了疼痛。

用烧粉末来缓解它的疼痛，这样也可以烧掉还没有进入血液的有毒唾液。但如果唾液已经进入了血液，血液就会带着毒流遍全身，那样就治不好它了。

**布尔加在五山城的遭遇**

从哥萨克村离开后，我没有直接去俄国，而是先到了五山城，在那儿待了两个月。我把米尔顿送给了一个哥萨克猎人，只带着布尔加来到了五山城。

"五山城"，之所以这样称呼，是因为它位于贝石套山上。"贝石"的发音在鞑靼语中的意思是"五"，而"套"的意思是"山"。这座山间流淌着一股炽热的硫黄溪流，像开水一样烫，在水流的源头总是有一股蒸汽，就像从茶炊[1]里冒出来的一样。

这座城市坐落之处令人非常愉悦。山中流出温泉，而山脚下就是伯德库莫克河。层层树木布满山脊；田野围绕着城市，远处能看到

---

1　茶炊，一种俄罗斯自煮沸金属茶壶。

高加索山脉。这山上的雪终年不化，像糖一样白。其中一座大山——厄尔布鲁士——看起来就像一大块白糖，天气晴朗时，从任何一个地方都能看到它。人们来温泉疗养，温泉上面有凉亭和遮阳篷，最外面一圈是有步道的花园。每当晨间音乐响起时，人们或喝水，或沐浴，或漫步。

城市在山上，但山脚下另有一个郊区。我就住在郊区的一座小房子里。房子带一个小院子，窗前是小花园，房东把蜂箱放在那里。蜂箱不像俄国的那样是空心管径的，而是装在圆形编织篮里的。这些蜜蜂很温和，我经常在早上和布尔加一起坐在花园的蜂箱之间，也

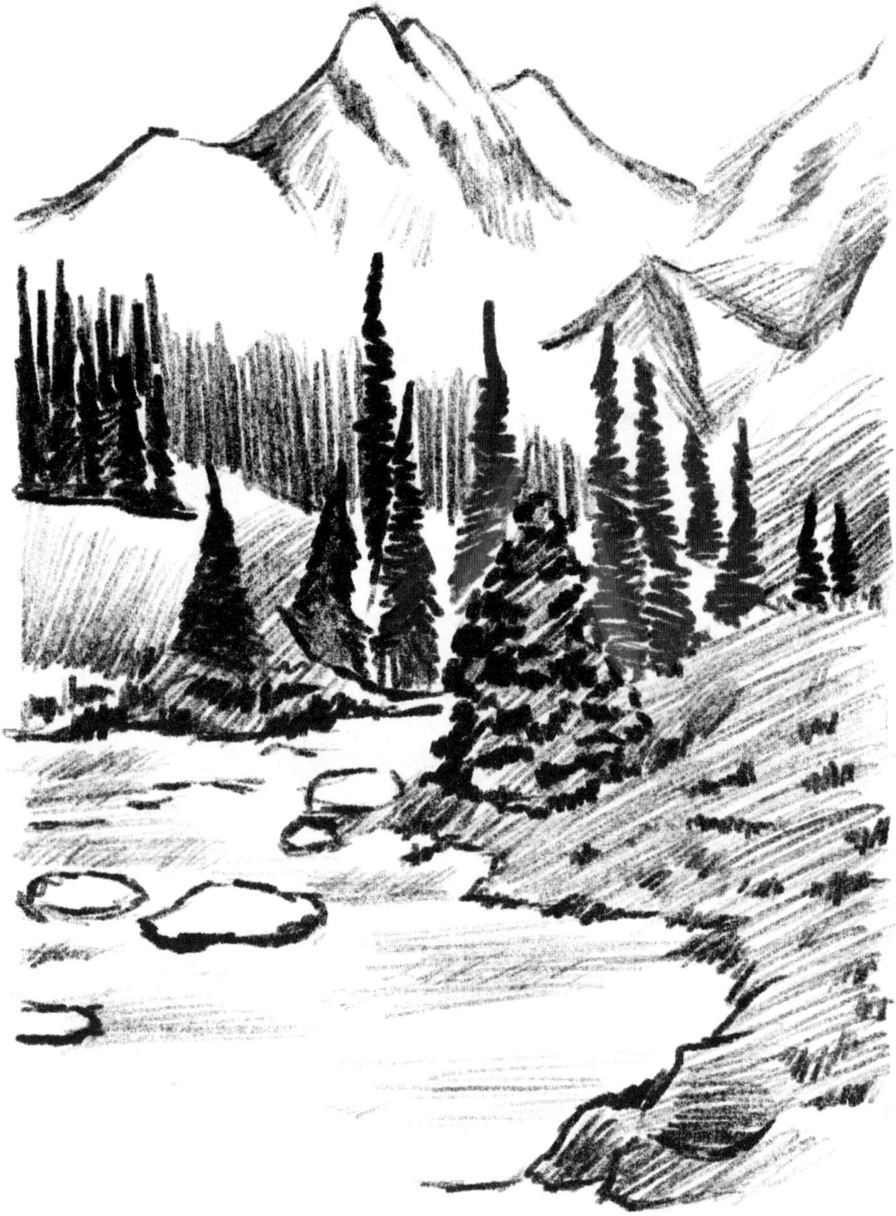

不会被蜜蜂蜇。

布尔加在蜂箱之间走来走去，边嗅边听着蜜蜂的嗡嗡声。它在蜜蜂中间走得很轻，不去触碰它们，蜜蜂也不来打扰它。

一天早上，我从河边回到家，坐在花园里喝咖啡。布尔加开始抓挠它的耳后，弄得项圈发出很刺耳的噪音。噪音让蜜蜂很焦躁，所以我把布尔加的项圈取了下来。过了一会儿，我听到城市那边传来奇怪而可怕的声音。犬吠、号叫和呜咽，伴随着人们的大喊大叫。那声音从山上传来，离我们的郊区越来越近，声音也越来越低。

布尔加原本停下了抓挠，把它那长着白牙

的大脑袋夹在前腿之间，伸出舌头，静静地躺在我身边。当它听到那些声音时，似乎明白了那是什么。它竖起耳朵，龇着牙，跳起来开始咆哮。声音越来越近，听起来好像全城的狗都在号叫、呜咽和狂吠。我走到门口想看看发生了什么，我的女房东也出来了。我问她："怎么回事？"

"监狱里的囚犯正在杀狗。这些狗繁殖得太多了，市政府下令要杀掉全市的狗。"

"所以如果他们抓住了布尔加，也会杀了它吗？"

"不，政府不允许他们杀戴项圈的狗。"

就在我说话的时候，囚犯们刚好来到我们

家。士兵们开路,后面跟着四个铐着锁链的囚犯。两个犯人手里拿着长铁钩,两个拿着棍棒。在家门前,一个犯人用钩子抓住了看门狗,把它拉到路中间,另一个人开始用棍子打。

那小狗害怕得呜呜直叫,但囚犯们大喊着笑。带着钩子的犯人把狗翻了个身,见它死了,便拔出钩子,四处找别的狗。

就在这时,布尔加像一头熊一样失控地冲向那个囚犯。我突然想起它没戴项圈,大喊"布尔加,回来!",又让囚犯不要打它。但囚犯一看到布尔加就笑了,他灵活地用钩子击中了布尔加的大腿。布尔加试图逃跑,但囚犯把

它拉到身边，让另一个囚犯打。那个人举起了棍子。眼看着布尔加就要被杀死，它猛地一拽，拽破了大腿上的皮，尾巴夹在两腿之间，身上带着红色伤口，穿过大门，飞奔进房子，躲在了我的床底下。

它得救了。被钩子钩住的那块皮破了，它才得以逃脱。

## 布尔加和米尔顿的结局

布尔加和米尔顿是差不多同时死的。那个哥萨克老头不知道如何养米尔顿。他不只是带它出去捕鸟，还带它一起去猎野猪。就在那个秋天，一头长牙野猪把它撕成了两半。人们不知道要怎么把它缝起来，它就这样死了。

布尔加也是在那些囚犯抓住它后没多久就死了。从囚犯手里逃生后不久，它变得很沮丧，开始舔一切它能看到的东西。它会舔我的手，但不再像之前讨好我那样舔。它舔一会儿之后，会用舌头抵住我的手，然后作势咬一口。显然它是准备真咬的，但心里又不那么愿意。我没有把手递给它，于是它舔了舔我的靴子和桌脚，然后开始撕咬起来。就这样持续了两天，第三天，它消失了，没有人见过它，也没有人听说过它的行踪。

它不会是被别人偷走或者是自己跑了。它是被狼咬了六周后才变成那样的。显然那时的狼疯了，布尔加被咬后也疯了，所以它选择了离开。它得了猎人们常说的那种狂犬病。猎人们说，狗得了那种病就会发疯，会喉咙抽筋。

它们将无法喝水,因为水会让抽筋更严重。为了从痛苦和口渴中解脱,它们只能咬东西。显然,当布尔加舔我的手和桌脚时,它正在受着抽筋的苦,难受极了。

我在附近到处打听布尔加的情况,但不知道它后来怎么样了,也不知道它是怎么死的。如果它像疯狗一样到处乱跑咬人,我肯定早就听说过了。毫无疑问,它是跑进了灌木丛的某个地方,然后自己死了。

猎人说,聪明的狗得了狂犬病,就会跑到田

野和森林里，在那里寻找它需要的药草，在露水里打滚，然后痊愈。但布尔加并没有痊愈。它再也没有回来。

# 动物小记

## 猫头鹰和兔子

太阳快落山的时候,猫头鹰在森林里盘旋着寻找猎物。

一只大野兔跳到了一片空地上,开始梳理皮毛,让皮毛变得顺滑。老猫头鹰坐在树枝上,远远地看着兔子,丝毫没有要去捕猎的意思。这时,旁边的小猫头鹰开口问道:"你为什么不去抓那只兔子?"

老猫头鹰说:"那兔子对我来说太大了。要是我被它的毛挂住,它一定能把我一路拖进森林里。"

但是小猫头鹰又说:"我准备把一只爪子

伸进它的身体，然后用另一只爪子钩住树，这样就不会被它拖走了。"

说着，小猫头鹰朝野兔飞去，一只爪子穿过兔子背，伸进肉里，另一只爪子抓进树皮。兔子扯着小猫头鹰，而小猫头鹰抓着树，心想："这下它逃不掉了。"突然，野兔向前冲去，把小猫头鹰撕成了两半。小猫头鹰的一只爪子留在了树上，另一只爪子挂在了野兔的背上。

第二年，一个猎人杀

死了那只野兔，他还觉得很奇怪：猫头鹰的爪子怎么会长在野兔的背上呢？

## 狼是如何教育小狼的

我正沿着路走，突然听到背后传来一声喊叫。那是一个牧羊童。他正穿过田野跑来，一边跑一边指着什么东西。

我望过去，看到两头狼正在田间奔跑：一头已经成年，而另一头还是个狼崽儿。

小狼的肩上扛着一只死羊，它紧紧咬着羊的一条腿。老狼跟在它后面。

我看到它们，便和牧羊童一边大叫一边追赶。农民们听到我们的叫喊声，也连忙带着狗追了上来。

老狼一看到狗和人，就跑到小狼身边，把羊接过去甩到了自己的背上。两头狼拼命跑，跑得飞快，一会儿就消失在了我们的视线之外。

这时牧羊童向我们讲述了事情的经过：他放羊的时候，这头老狼从山谷里跳出来，抓住了一只小羊，咬死了它，把它带走了。小狼跑上前接住了小羊。为

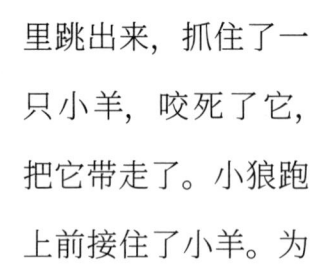

了教小狼如何搬运猎物,老狼让小狼背着羊,自己在后面慢慢跑。

只有当危险来临的时候,老狼才停止教学,接过小羊迅速逃跑。

**野兔和狼**

野兔到了晚上会吃树皮。田间的野兔也吃冬黑麦和草,打谷场的野兔也吃谷仓里的谷子。一夜过去,野兔会在雪地里留下一条深而可见的足迹。人、狗、狼、狐狸、渡鸦和鹰都是野兔的天敌。如果野兔一直沿着直线前行,

到了早上，天敌们顺着脚印很容易就能抓住它们。但上天创造兔子的时候，决定给它们胆小的性格，正因为胆小，兔子们才能活得更久。

一只野兔在夜里毫无畏惧地穿过森林和田野，笔直地前进。但是，一到清晨，天敌们渐渐醒来，野兔听到犬吠声、雪橇的吱吱声、农民的说话声或者狼在森林里撞来撞去的声音，就开始吓得左右乱窜。它向前跳，被不知道什么东西吓到后，又跑回原来的路线。当它又听到一些声音时，它会用最快的速度跳到一边，从原来的路上逃开。然后再一次，又是什么东西发出了声音，兔子听到后就立即转过身跳开。一直这样跳到天亮，它才能躺下来休息。

到了早上，猎人试图追踪野兔的足迹，却迷失在两条不同的足迹和各种跳跃得很远的痕迹中。他们惊叹于野兔的狡猾，但野兔并不是有意行事狡猾的，它们只是害怕一切罢了。

## 气味

人们用眼睛看，用耳朵听，用鼻子闻，用嘴尝，用手指摸。有的人视力好，有的人看不清。有的人在很远的地方就能听到声响，有的人则什么也听不见。有的人感官敏锐，在远处就能闻到气味，而有的人就算闻到臭鸡蛋味都无法察觉。有的人可以通过触摸来分辨事物，有的人却无法通过触摸辨别出哪个是木头，哪个是纸。有的人将东西含在嘴里就能尝出它很

甜，而有的人直到吞下都不知道它究竟是苦还是甜。

就像这样，动物的每个感官的灵敏程度也是不同的，但是普遍来说，所有动物的嗅觉都比人类强。

当人想要识别一个东西时，他会注视，听它发出的声音，时而闻一闻或尝一尝；但最重要的是，人必须感受到一个东西才能识别。

但对动物来说，它们更需要用嗅觉来识别。无论是一匹马、一头狼、一条狗、一头牛还是一头熊，它们在闻之前都是难以分辨事物的。

当马害怕什么东西时，它会打喷嚏——

打喷嚏可以清理鼻子，以便更好地闻到气味，直到它通过嗅觉辨认出这是什么东西后，才能放松下来。

狗经常追随主人的踪迹，但当它只是通过眼睛看到主人时，它会因为认不出主人而开始叫，可一旦它闻到主人的气味就会发现，原来那个看起来如此可怕的东西就是它的主人。

牛看到其他牛被打倒，或者听到它们在屠宰场嘶吼时，还不能理解发生了什么。但如果它们注意到有牛血的地方，闻一闻就会明白了。它们会吼叫，用蹄子踢来踢去，怎么赶都赶不走。

从前有位老人的妻子病倒了，他只好亲自

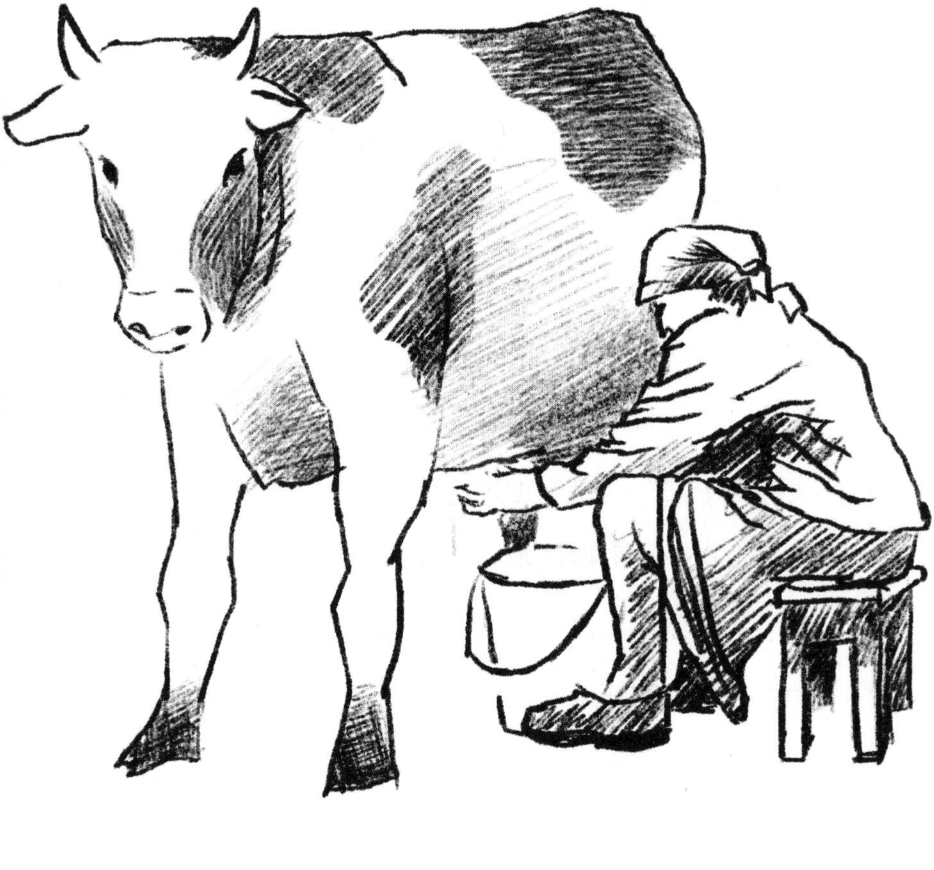

去替妻子挤牛奶。母牛哼了一声——它发现那不是它的女主人，便不给他奶。女主人让老人换上她的皮大衣和方巾，奶牛就开始产奶了。但老人掀开大衣，牛闻到他的味道后，又立即停止了产奶。

  当猎犬追踪动物时，它们从来不会贴着动物留下的痕迹跑，而是跑在二十步开外的一侧。没有经验的猎人向猎犬展示气味，会让猎犬的鼻子贴在动物们跑过的痕迹上，这时猎犬总是会跳开。那痕迹本身的味道对狗来说太浓烈了，所以如果离得太近，猎犬会很难分辨出动物是向前跑还是向后跑的。只有它来到一边时，才能发现哪个方向的气味更加浓烈，然后根据气味的改变去追踪猎物。猎犬的这种行为，就像是如果有人在我们耳边大声说话，那我们必须退开一段距离才能听清楚他在说什么。再比如，如果我们离什么东西太近了，就需要退后一步，这样才能看清它的全貌。

狗还会利用气味来辨认彼此和互相打信号。

昆虫对气味的判断则更加精准。蜜蜂能径直飞向它想要降落的那朵花，虫子每次都能找

到它一直爬的那片叶子，臭虫、跳蚤和蚊子在十万步之外就能闻到一个人的气味。

如果从物质中分离出来、进入我们鼻子的粒子已经很小了，那么，那些进入昆虫嗅觉器官的粒子该有多么小啊！

## 摸与看

把食指和中指交叉起来，去触碰一个小球，让它在两指之间滚动，然后闭上眼睛，你会感觉仿佛同时摸到了两个球。但当你睁开眼睛时又能看到——只有一个球。你的手指欺骗了你，但眼睛看到的是真相。

　　从侧面去看一面光滑又干净的镜子——如果它映出了一扇窗户或者门，你会觉得镜子中的窗户或者门是真实存在的，而且它们后面仿佛还有什么东西。但当你用手指触摸时，你又会发现它只是一面镜子。

## 蚕

我的花园里有一些祖父种的老桑树。一个秋天,我收到了一桶蚕卵,他们让我孵化了然后养蚕。卵是深灰色的,很小,我数了数,那一桶里有 5835 个。蚕卵比最小的针头还要小。它们看起来已经死了,只有去压一下才会裂开。

那些卵一直在我的桌子上放着,我几乎忘记了它们。

春天到了。一天,我走进果园,发现桑树的芽已经鼓了起来,阳光强烈的地方,叶子已经长出来了。我突然想起了蚕卵,就在家里把它们铺开，给它们更多的空间生长。大多数蚕卵不再像以前那样是深灰色的，一些已经变成了浅灰色，另一些则更浅，上面有一点乳白色。

第二天早上我看了看那些卵，发现有的蚕宝宝已经孵出来了，有的卵变得相当肿大。显然，它们在卵里就已经感觉到，它们的食物正在成熟。

那些蚕黑乎乎、毛茸茸的，小到几乎很难看到。我用放大镜观察，发现它们在卵里蜷缩成一个圈，破卵而出的时候又挺直了身子。我去花园里找了三大把桑叶放在桌上，想要像之前学到的那样，给蚕宝宝固定一块地方。

在我固定纸的时候，蚕闻到了味道，爬向桑叶。我把桑叶推开，拿了一片叶子诱惑它们，它们立刻爬了过去。就像狗追着肉跑一样，它们追着叶子，在桌布上爬过铅笔、剪刀和纸。我剪下一张纸，用小刀在上面戳了几个洞，把叶子放在上面，然后把纸盖在蚕身上。蚕钻出洞，爬到叶子上吃了起来。

等更多的蚕孵出来，我又做了一张带叶子的纸，让蚕从洞里爬出来吃叶子。蚕宝宝聚集在上面，从叶子边缘开始啃。等它们吃完所有叶子，就开始在纸上爬来爬去，寻找更多的食物。这时候，我就给它们换上新的放着桑叶的洞洞纸，蚕就会爬到新的食物上。

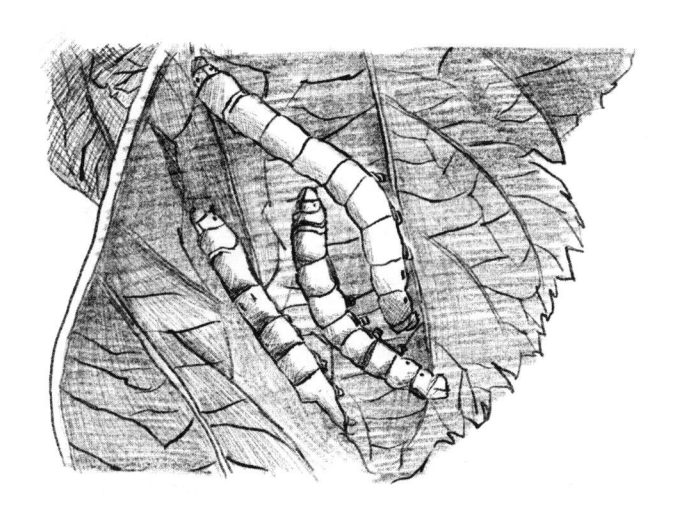

那些蚕被放在我的架子上,没有叶子了,它们就绕着架子爬,爬到架子的最边缘。它们尽管看不到东西,也不会从架子上掉下来,因为在掉下来之前,蚕会从嘴里吐出一张网,附着网下降。它们降一点就在空中悬停一会儿,观察一下。如果它们想继续往下,就会再次吐出网来，如果不想再往下了，就会用网把自己拉起来。

不知从什么时候开始，连续好几天，这些蚕宝宝什么都不做，只是拼命吃。我只好给它们奉上更多的桑叶。每次拿来新的桑叶，它们都会立刻转移到新叶子上去。它们发出仿佛是雨点落在叶子上的声音——那就是它们吃新叶子的声音。

大一点的蚕已经活了五天了。它们的个头长得很大，吃的东西是以前的十倍多。到了第五天，我知道它们就快要进入睡眠状态，静静等待着。第五天傍晚时分，一只大蚕把自己粘在纸上，停止进食，变得不再活跃。

接下来的一整天,我盯着它看了好久。我知道蚕会蜕皮好几次,因为它们长大后,旧皮变得很紧,所以需要换上新皮。

我和我的朋友轮流盯着。晚上,我的朋友喊道:"它开始蜕皮了,快来!"

我走到跟前,看到那条蚕的旧皮粘在纸上,嘴巴处被撕开一个洞。蚕的头猛地向前顶,扭动着想爬出来,但旧皮牢牢地困住了它,它扭动着无法脱身。我盯了它很长时间,想要帮帮它,于是用指甲轻轻碰了一下,但很快,我发现我做了一件愚蠢的事。我的指甲沾上了一些液体,起初我以为那是血,后来才知道,蚕虫的皮下有一层液体,这能帮它蜕皮。

毫无疑问，我的指甲弄坏了这件新衬衫，虽然蚕爬了出来，但它很快就死了。

而那些我没有碰过的蚕，都以同样的方式蜕下了旧皮。几乎所有蚕都平安无事——尽管它们使劲挣扎了很长时间，但只有少数蚕死掉了。

蜕皮后，蚕开始狼吞虎咽，吃的叶子也越来越多。四天后它们又睡着了，接着又从蜕掉的皮里爬出来，然后吃掉更多的叶子。它们有四分之一英寸[1]长了。六天后，它们再次入眠，长出新皮，现在一个个又大又胖，我几乎来

---

1　1英寸等于2.54厘米。

不及为它们准备食物。

第九天，个头最大的蚕完全停止进食，爬上了架子。我把它们拢起来，给它们喂新鲜的叶子，它们却转过头去继续爬。我突然想起来，当蚕准备卷起来变成茧时，它们会停止进食并向上爬。

我随着它们自己行动，开始观察它们会做什么。

最大的一批蚕爬到顶上，分散开来四处爬，向各个方向拉出单根丝线。我看着其中一条钻进角落里，吐出大约六根丝，每根两英寸长，垂下来弯成一个马蹄形。它甩动着脑袋，吐出一张丝网来盖住自己。接近傍晚时，它已经被网笼罩了起来，仿佛在雾中，几乎看不到它的样子了，第二天早上就完全看不见了。它全身都被蚕丝包裹着，但仍在吐出更多的丝。

三天后，它停止吐丝，安静了下来。后来我才知道这三天里它吐了多少丝。如果拆开蚕茧，蚕丝的总长度基本都超过半英里[1]。如果计算这三天里蚕要把脑袋甩来甩去多少次才能吐出这么多丝，会发现它们三天要甩头三十万次，也就是说每一秒钟都要甩一圈，一刻不停。但在这之后，我们取下几个茧掰开，发现里面的蚕干枯发白，看起来像蜡片。

---

1　1英里约等于1.61千米。

我知道这些白色的、蜡一样的蚕最终会变成蚕蛾,但当我看着它们时,还是不敢相信。尽管如此,我还是在第二十天去看了看它们变成了什么样子。

到了第二十天,我知道肯定要发生变化了,但什么都没看到。我开始觉得是不是有什么地方搞错了。突然,我注意到其中一个茧的末端变得又黑又湿。我想它可能是变质了,准备扔了它,但又一想或许它就是这样,所以

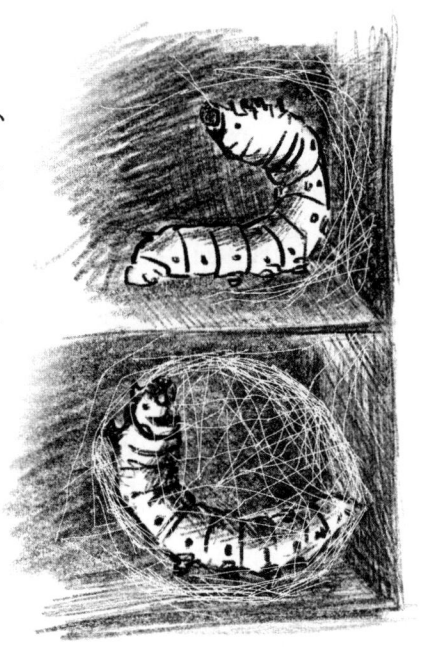

我继续观察，看会发生什么。湿漉漉的那一端的确有东西在动。我看了好一会儿也弄不清那是什么。后来，出现了一个长着胡须的、像头一样的东西。胡须动了动，我注意到一条腿从洞里探了出来，然后是另一条，腿争先恐后地从茧里伸了出来。身体钻出大半后，我看到了一只湿漉漉的蚕蛾。随着六条腿接连爬出，背部也跳了出来，然后整只蚕蛾都钻了出来，停在那里。它的身体晾干之后是白色的，过了一会儿，它便伸展翅膀飞远，绕了一圈后又飞回来，落在窗户上。

两天后，窗台上的蚕蛾开始产卵，黄色的卵牢牢地粘在窗户上面。一共有二十五只蚕蛾产了卵。

我收集了五千个卵。第二年,我用它们养出了更多的蚕,织了更多的丝。

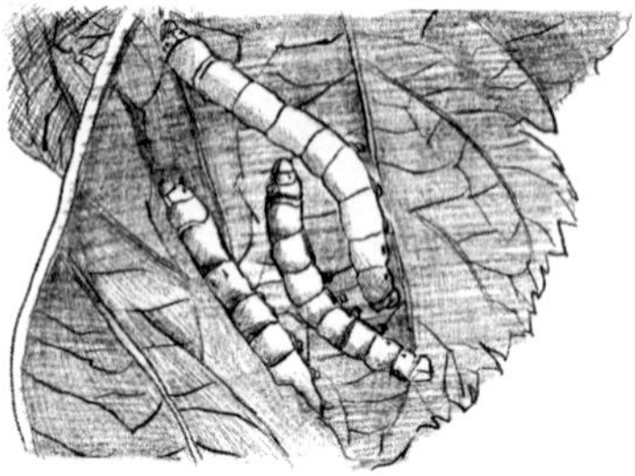

# 植物小记

**苹果树**

我种了两百棵苹果树苗。三年以来,每个春天和秋天,我都会为它们翻土,冬天会用稻草裹住它们,防止野兔的破坏。到了第四个年头,雪化的时候,我去看望我的苹果树。它们在冬天茁壮成长:树皮充满了光泽,上面挂满树液,树枝探出新条,长出叶尖和叶腋,还有豆子形状的花芽。各处的花芽相继爆开,能看到花叶的紫色边缘。我有信心,这些花芽一定能开花结果。看着它们,我的心中充满喜悦。但当我取下包裹着第一棵树的稻草时,我看到接近地面的树皮被啃光了,树干上简直像套了一个白色的圆环。是老鼠干的。我取下了第二棵树上的稻草，也是一样的状况。整整两百棵树无一幸免。我在那些被啃咬的地方涂上了沥青和蜡，但到了花期，树上的花立刻掉光

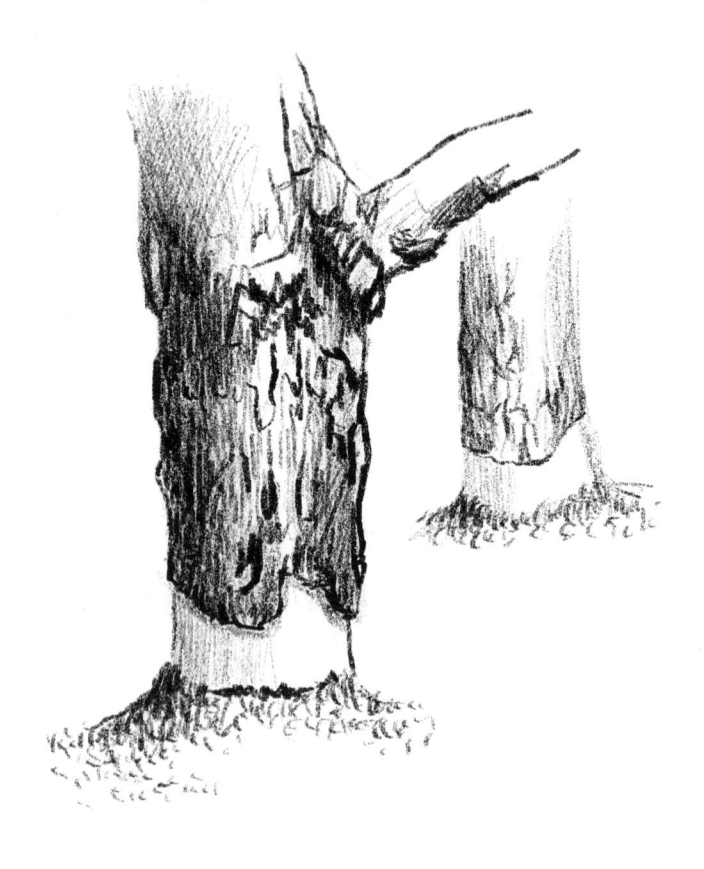

了,那些长出的新叶也都掉了。树皮变得又皱又黑,两百棵树最终只剩下了九棵。这九棵树的树皮没有被整圈咬穿,白环上残留了几条树皮,这几条树皮上长出了树瘤。这九棵树尽管经历了那么多痛苦,还是活了下来。剩下的树都被毁了,白环下方虽然长出了新枝,也都是些野枝。

树皮就像人的动脉:血液通过动脉流向身体的各个部位,树液也通过树皮流过树干,到达树枝、树叶和花。有的树,比如老杨柳,可能树干中心已经空了,但只要树皮还活着,就可以活很久;如果树皮被毁了,树也就死了。一个人的动脉被切断的话,他的血会流出身体，慢慢地，血液无法被输送到身体的各个部位了，他就会失去生命。

就算是干枯的桦木，如果有孩子为了尝尝树液而给它开一个洞，洞里还是会流出树液。

苹果树被毁掉，是因为被老鼠啃掉了一圈树皮，所以树液无法从根部流到树枝、树叶和花了。

## 老杨树

  这五年来，我们一直没怎么管过花园。这次我雇了带斧头和铲子的工人，和他们一起去清理花园。我们修剪了所有干枯的树枝、野枝，以及那些长势过盛的树木和树丛。杨树和稠李比其他树更繁茂，把其他树都挤死了。杨树的根连在一起，不能直接挖，但地下的根必须被切碎。

  池塘那边长着一棵巨大的老杨树，有两个人环抱着那么粗。旁边是一片空地，上面有蔓生的杨树根。我命令工人砍掉它们，想让这个地方看起来舒服一点，最重要的是，我想让老杨树的生长变得轻松一些，因为我觉得旁边的幼苗都是从它的根上长出来的，正在耗尽它的树液。我很难过，因为砍这些小杨树时，地下充满汁液的树根也被砍掉了，而我们四个人想把砍下来的小杨树根拔出来，却拔不动。它们用尽全力紧紧地攀着大树根，不想死。毫无疑问，它们值得活下去，因为它们如此执着于生命。但确实有必要砍掉一些，所以我还是这样做了。直到后来，等事情不可挽回之后，我才知道它们本不应该被砍掉。

  我以为是新树把老杨树的树液榨干了，但其实正相反。我砍树的时候，老杨树已经快死了。等它的新叶长出来时（它是从两根树枝之间长出来的），我看到其中一根树枝光秃秃的。那个夏天之后，它就完全干枯了。原来这棵老杨树已经奄奄一息很长一段时间了，它知道自己快要死了，所以试图给新芽赋予生命。

　　这就是那些小杨树成长得如此之快的原因。我想让这棵老树生长得更轻松一些，却只是害了它的孩子。

## 一棵稠李

灌木丛小路上长出了一棵稠李，挤死了灌木。我犹豫了很久，要不要砍掉这棵稠李。稠李不是灌木而是树，直径大约六英寸，高三十英尺，枝繁叶茂，枝头布满了洁白芬芳而充满生机的花朵，远远就能闻到花香。我不应该把它砍掉的，但是一个劳工（我之前让他砍掉稠李）还没跟我打招呼就动工了。我赶到的时候，他已经砍了大约三英寸，每次砍到同一位置时，树液就会溅到斧头的下缘。"没人能帮它了，显然，它的命运就是这样。"我想着，然后拿起一把斧头，开始和工人一起砍树。

任何劳动都是一种享受，砍树也是。先拿斧头斜着深深地砍一下，然后横着砍一下，把中间的木屑削掉，一点一点越砍越深，这同样是一种享受。

我已经完全忘记了之前的打算，只想尽快放倒眼前这棵树。砍累了，我放下斧头，和工人一起推，试图推倒它。我们把它推弯了一些，树连带着叶子一起颤抖，露水淋落在我们身上，伴随着飘落下来、发出幽香的白花瓣。

与此同时，似乎有什么东西在叫——树的中心嘎吱作响。我们继续推树，可那声音听上去就像有什么在抽泣。树突然从我砍下的位置断开，整棵树摇摇欲坠，它摇晃着，带着

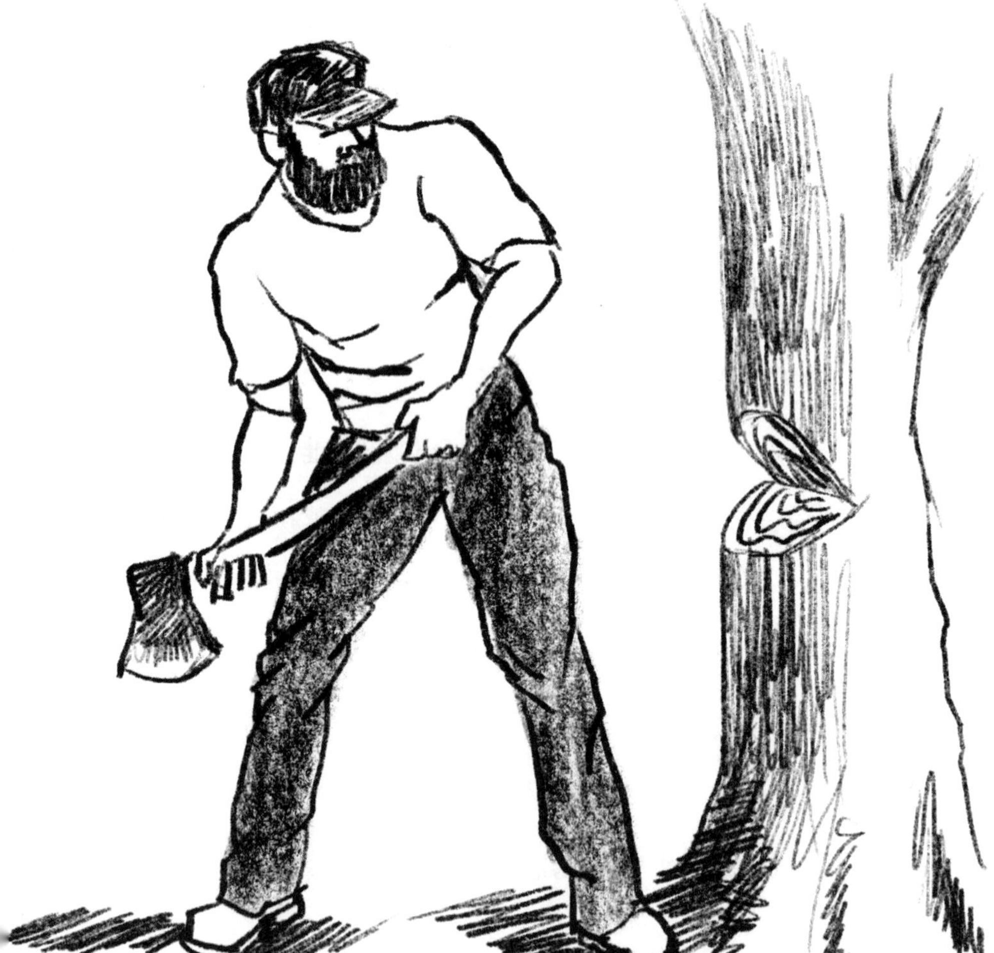

树枝和花朵倒在草丛中。树倒了之后,上面的细枝和花朵还颤抖了一会儿。

"这树真不错!"工人说,"太可惜了!"

我也很难过,于是赶紧跑到其他工人那里继续干活。

## 树如何走路

有一天，我们在池塘附近的一座小山上清理一条杂草丛生的小路。我们一路上除掉了许多荆棘丛、柳树和杨树——然后轮到了稠李。它长在路上，又老又壮，看上去至少有十岁。但我知道，五年前，这个花园被彻底清理过一次，所以我不明白这么老的稠李为什么会长在那儿。我们把它砍下来，继续向前走，一直走到远处的另一片灌木丛，那里长着一棵几乎一模一样的稠李，比第一棵还要粗壮。我向它的根部寻去，发现它的根长在一棵老菩提树下。菩提树的树枝阻挡了它的长势，它便径直向侧面伸出去了大约十二英尺，等终于晒到太阳后，才堪堪抬起头来开花。

我从根部砍断了稠李，却惊讶地发现即使根已经腐烂了，它依然充满生命力。整棵树砍倒后，工人和我试图把树根拔出来，但是无论怎么猛拉都拽不动，它似乎生根很深。我说道："看看我们是不是什么地方没抓住。"

一个工人俯下身去看，喊道：

"它还有一个根,在那条小路上!"

我走到他身边,发现确实如此。

为了不被菩提树挡住生机,稠李的根从菩提树底下长了出去,延伸到旁边的小路上,距离原来的树根大约有八英尺远。我砍下的那个根已经又干又烂,但另一边的新树根却是鲜活的。稠李显然感觉到,自己无法在菩提树下讨一条生路,所以它伸展出来,垂下一根树枝在地上,由这根树枝长成树根,让先前的根留在原地。直到那时我才明白,路上遇到的第一棵稠李是怎么长出来的。它显然也长出了新根——只是它有时间完全摆脱掉旧根,所以我没有找到它原来所在的位置。

# 物理小记

## 磁铁

一

很久很久以前,有一个叫麦格尼斯的牧羊人丢了一只羊。这天他去山上找羊,来到了一处贫瘠的、满是石块的地方。他走过这片地,感觉靴子被石块粘住了,于是他用手摸了摸石块,却发现石块很干燥,摸起来并不黏手。他起身继续走,靴子又粘在了石块上。他索性坐了下来,脱下一只靴子拿在手里,用靴子碰了碰石块。

他发现,如果是用自己的皮肤或者鞋底的皮去碰石块,并不会被粘住,而若是用鞋上

的钉子去碰它们,就一定会被粘住。

　　麦格尼斯拿出手杖,这手杖的一头是铁做的。

　　这一次,他用手杖的木头部分碰石块,木头没有被粘住;而用铁的那端触碰石块就会被粘住,还怎么都分不开。

　　麦格尼斯盯着那个石块,他发现石块看起

来很像铁，就把石块带回了家。从此，这石块便有了名字——磁铁。

## 二

地下的铁矿旁边可以发现磁铁，如果铁矿里有磁铁，那么这个铁矿产的铁一定是质量特别好的。磁铁和铁非常相像。

如果把一块铁放在磁铁上，铁块就会产生磁力，能吸引其他铁块。如果把一根钢针放在磁铁上一段时间，这根针也会变成一根磁针，并对铁产生吸引力。如果两块磁铁的尾部被放在一起，其中的一块会错开，而尾部和头部可以相互吸住。

如果一根有磁性的铁棍断成两段，每一段都有一端可以互相吸住，而另一端互相错开。再切断一次也会产生同样的现象。一直不断地切下去，这种现象还是会持续发生。相同磁性的一端总会错开，而不同磁性的一端却相互吸引。仿佛不管你如何破坏它，磁铁的一端总会推开彼此，而另一端总会拉近彼此。就如同一端有突起，而另一端有凹陷的物品——突起的一端总能和凹陷的一端嵌在一起，而突起和突起或者凹陷和凹陷，则无法嵌在一起。

## 三

　　如果你磁化一根针（将它靠在一块磁铁上一段时间），并把它放在一条轴线中央，松开手让它可以自由旋转，它的一端会指向正午（南方），另一端则会指向午夜（北方）。

　　在磁铁还没有被发现的时候，人们不能出海去很远的地方，因为航行到看不见陆地的海域时，只能通过星星和太阳来确定航向。但当夜晚来临，人们看不到太阳，也没有星星时，他们便不知道该往哪个方向航行。船会被风吹走，或者撞毁在岩石上。

　　没有磁铁的时候，人们从不远离海岸。磁铁被发现之后，他们把磁针装在枢轴上，让它自由旋转。通过这根针，人们可以判断航行的方向，开始航行到离海岸更远的地方，发现了许多新的海洋。

每艘船上总有一根磁针（罗盘），而且船尾有一根带结的量绳。起航后松开这根绳，可以通过它来判断船走了多远。因此，在乘船航行时，人们总能知道船在什么地方，离海岸有多远，以及正在朝什么方向航行。

## 湿气

一

为什么蜘蛛有时会结出紧密的蛛网，然后坐在蛛网的正中央，而有时又会离开去结新的蛛网？

蜘蛛会根据当下和未来的天气情况结网。通过观察蜘蛛，可以判断出天气如何：如果它稳稳地坐在蛛网中间不出来，就意味着雨天即将来临。如果它离开并开始结新的蛛网，那一定会是晴朗的一天。

蜘蛛怎么能提前知道天气如何呢？

蜘蛛是一种感觉非常灵敏的生物，一旦水

分开始在空气中凝聚——虽然我们还没有感觉到,甚至对我们来说天气还很晴朗——在蜘蛛看来,其实已经在下雨了。

就像没穿衣服的人能明显感觉到湿气,穿着衣服的人却感觉不到一样,在蜘蛛认为已经在下雨的时候,我们可能只是感到快要下雨了。

二

为什么木门在冬天会膨胀,不好关,而到了夏天反而会缩小,变得好关?

因为在冬季,木材被水浸透,像海绵一样胀开了;而在夏季,木材中的水蒸发出去,它就会收缩起来。

那为什么像白杨这样的软木膨胀得更明显，而橡木则不那么明显？

因为在橡木这类硬木中，木材间的空隙较小，无法聚集很多水，而白杨这种软木的空隙较大，水可以大量聚集。腐朽的木头的空隙则更大，所以腐木是木材中膨胀最明显、收缩也最明显的。

蜂箱便是用最软最腐的木头做成的，最好是由腐烂的柳木来做。为什么呢？因为空气可以穿过腐烂的木头，让蜂巢里的蜜蜂感觉更

舒适。

为什么木地板会翘起来呢？

因为没有被均匀地烤干。如果把一块潮湿木板的一侧对着火炉，水分蒸发出去后，这一侧的木板就会收缩；但是依旧潮湿的一侧没有收缩，所以整块板子就翘起来了。

为了防止木地板翘边，可以将干木板切

成小块，在水中煮沸。当所有的水分都蒸发之后，再把它们粘在一起，这样地板就不会变形了（比如镶花地板）。

## 不同的粒子结构

为什么车架和轮毂不用橡木制作，而要用桦木呢？毕竟车架和轮毂都要做得非常结实，而桦木没比橡木便宜很多。

因为橡木会裂开，而桦树不会裂开，只会磨损。

虽然橡木比桦木的粒子结构更牢固，但它

的结构会让它裂开，桦木则不会。

为什么轮子是用橡木和榆木弯曲制成的，而不是用桦木和菩提木？

因为当橡木和榆木被热水汽熏蒸时，它们只会弯曲而不会断，但桦木和菩提木会断开。

这和之前一样，都是因为橡木和桦木的粒子连接方式是不同的。

## 晶体

如果将盐倒入水中搅拌，盐就会溶解并完全消失；但是，如果往水里面倒越来越多的盐，盐最终会停止溶解，之后无论再怎么搅拌，盐都还是白色颗粒的样子。因为这时水中的盐已经饱和了，无法再溶解更多的盐了。但如果用热水，盐会溶解得相对更多；那些没能溶于冷水的盐会在热水中溶解，但是再继续放盐的话，即使用热水也溶解不了了。这时如果加热这些水，让水升温，水就会以蒸汽的形式散去，留下更多的盐。

因此，溶解在水中的物质都有一个极限

的量，超过了这个量，就不能再溶解了。总体而言，大多数物质溶解在热水中的量都比在冷水中多[1]，但是，当溶液饱和时，物质就不会再溶解了。溶质会留下来，但水会蒸发掉。

如果在一杯饱和的硝石溶液中加入更多的硝石粉，加热后不搅拌，留它自然冷却，多余的硝石粉也不会像粉末一样沉在水底，而是会凝结成小小的六棱柱，贴在杯底和杯壁上，紧紧相连。如果将饱和的硝石溶液放在温暖的地

---

[1] 大多数固体物质的溶解度随温度的升高而增大，而气体物质的溶解度与此相反。

方，水随着温度的升高而蒸发，蒸发出来的硝石会凝结在这些六棱柱上。

加热普通的饱和盐水，待水分蒸发后，多余的盐不会沉淀成粉末，而是会析出成小方块。如果是一杯盐和硝石粉的混合饱和水，过量的盐和硝石也不会混合，它们会以自己的形状析出：硝石呈柱状，盐则析出成立方体。

如果一杯水中含有饱和的石灰、其他盐或其他物质，当水以蒸汽形式消失时，

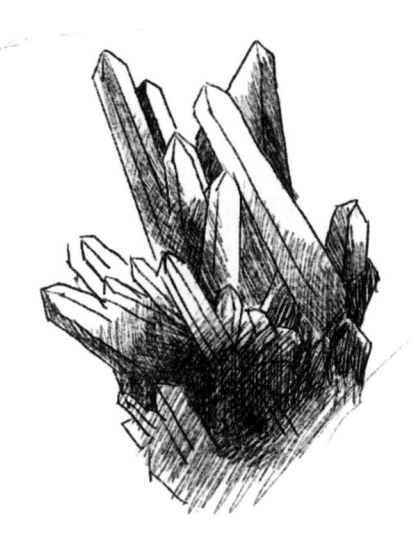

每种物质都会以自己的形状析出：第一种呈三棱柱状，第二种呈八棱柱状，第三种是砖块状，第四种是小星星状——每种物质都有自己的样子，每种固体析出的形状都是不同的。有的会像手那么大——比如在地下发现的石头，有的则很小，靠肉眼几乎无法辨认，但每一种物质都有它自己的样子。

如果水中的硝石结成了一个六棱柱，这时用针折断其中一个小角，新析出的硝石会将被折断的一角补齐——重新形成一个六棱柱。盐或者其他物质都一样。所有小粒子都会自行游走并以正确的方式相互连接。

当水结冰时，也会发生同样的情况。

雪花飞舞时，它的形状是看不清的。但是一旦它落在低温的暗色表面上，比如在布料上、在毛皮上——你就能看清它的身影。你会看到一个小星星，或者一个六角的小平板。窗户上的蒸汽总是会凝结成星星的形状。

什么是冰？它是冰冷的固态水。当液态

水变成固态水时，会自行产生形状，并且带走热量。硝石也是如此：当它从液体变成固体时，热量会发散开。盐和熔化的铸铁也符合这个原理。每当一个东西从液体变成固体时，热量就会被带走，并产生形状。反过来，当它从固体变成液体时，会吸收热量，此时冷气会被带走，它原本产生的形状就会消失。

冷却熔化的铁、热面团或者熟石灰，环境会变热。让冰融化，环境会变冷。把硝石、盐或其他能溶于水的东西放进水中溶解，水就会降温。根据这个原理，可以在冰水混合物中加入盐来冷冻冰激凌。

## 坏空气

在双子城的一座村庄里,节日那天,人们去做弥撒。庄园的院子里只剩下牧牛女、一个老人和马夫。牧牛女独自去井里取水,井就在院子里。她掏出水桶,不小心没抓住,水桶从手中滑落,撞到井沿上扯断了绳索。牧牛女回到小屋,对老人说:"亚历山大!快爬下井去看看——我把桶掉进去了。"

亚历山大说:"既然是你弄掉的,你应该自己爬下去看。"

牧牛女说,如果她能自己爬下去,她才不介意亲自去拿。

老人对她笑了笑，说道："好吧，那我们一起去试试！你现在肚子空着，我应该可以把你举起来，要是你吃了晚饭，我可就举不动了。"

老人将一根棍子系在绳子上，牧牛女跨在上面抓住绳子。老人转动井轴，牧牛女向井下

爬。那口井大约有二十英尺深,里面只有不到三英尺深的水。老人缓缓把她往下放,不断问道:"还要往下吗?"

牧牛女从下面喊道:"再往下一点点!"

突然,老人发觉绳子松了,他喊牧牛女,但没人回答。老人向井里望去,看见牧牛女头朝下栽在水里,而双脚立在空中。老人大声呼救,但附近没有人,只有马夫来了。老人叫马夫握住井轴的把手,他自己拽着绳子,坐在棍子上慢慢下了井。

马夫将老人放到水面的那一刻,同样的事情又发生了。老人松开了绳子,头朝下摔在了牧牛女身上。马夫哭着跑到教堂去叫人,这时弥撒已经结束了，人们正陆续走回家。听到马夫的喊声，所有人都向井边冲去。他们聚集在井边，每个人都在大喊大叫，但没有人知道该怎么做。这时，年轻的木匠伊万穿过人群，拿过绳子坐在木棍上，让人们放他下去。伊万用腰带把自己绑在绳子上，两个人抓住绳子开始往下放，其余的人往井里看，想看看伊万会怎么样。就在他快要靠近水面的时候，他的手从绳子上松开了，要不是腰带拽住了他，他也会头朝下摔下去。大家一起大喊着"快把他拉出来！"，把伊万拉了出来。

他像死了一样挂在绳子上，垂着头，一下一下地撞着井边，脸色铁青。人们把他腰上的绳子解开，把他放在地上。大家都觉得他已经死了，突然，他深吸了一口气，发出咯咯的声音，不一会儿又恢复了过来。

其他人也想爬下去救人，但一个老农说他们不能下去，因为井底的空气不好，坏空气会让人丢掉生命。说完，农民跑去找钩子，试图把老人和牧牛女拉出来。老人的母亲和妻子在井边哭泣，旁边的人安慰着她们。与此同时，农民放下了钩子。人们钩着老人的衣服往上拉，两次都因为老人太重而扯破了衣服，到一半的地方又让他掉回了井底。最后他们用两个钩子一起把他拉了出来。然后他们拉出了牧牛女，但两个人都没能活过来。

人们开始检查井，发现井底确实有不好的空气。

这空气太重了，无论是人还是动物在其中都不能呼吸。他们把一只猫放到井里，它一到达空气不好的地方就死了。不仅动物无法活下来，甚至连蜡烛也无法在那里燃烧。他们放下一根蜡烛，蜡烛一到达那个位置，马上就熄灭了。

地下有一些聚集了这种空气的地方，人如果走进去，会立即死亡。因为这个，矿井里都会用油灯，人在下矿井之前，会先放油灯下去。如果灯灭了，就说明人不能去；然后他们会开始通风，直到油灯可以燃烧。

那不勒斯市附近有一个这样的洞穴。地面向上大约三英尺高都是不好的空气，三英尺以上的空气却是好的。人可以随意穿过山洞，但狗一进去就会死。

这种坏空气是从哪里来的呢？它和我们呼吸的空气有着同样的成分。如果把很多人聚集在同一个地方，关闭所有门窗，不让新鲜空气进来，这里的空气就会和井里那种空气一样，让人丧命。

几百年前的一场战争中，印度教徒俘虏了146名英国人，并将他们关在了一个空气无法流动的地下洞穴中。

被俘的英国人在洞穴里待了几个小时后开始陆续死亡，到凌晨已有123人死亡，其余的人出来的时候半死不活的，而且都病着。起初，山洞里的空气很好。但是当俘虏吸入了所有的好空气，又没有新鲜空气进来后，山洞里的空气就变坏了，就像在井里一样，人们就死了。

为什么很多人聚在一起，好空气就变坏了？因为当人们呼吸时，他们会吸入好空气，呼出坏空气。[1]

## 如何制作气球

如果在水下松开一个膨胀的气球,它会飞到水面,在水面乱蹿。类似地,当水在锅里加热时,靠近火的底部会变得很轻,最后变成气体。当气体聚集起来时,它会变成气泡上升。刚开始出现一个气泡,然后是另一个,等水被

---

[1] 这里的"好空气""坏空气"大意是指氧气和二氧化碳。而前文提到矿井里的"坏空气"成分要更加复杂。

完全加热后，气泡就会不停地冒出来。这时候水才算沸腾。

充满了水蒸气的气泡会跳到水面，是因为它比水轻，充满氢气或热空气的气囊会在空中飞起来，这是因为热空气比冷空气轻，而氢气比其他气体都轻。

气球可以用氢气制成。氢气球是这样制作的：首先做一个大气囊，用绳子将它绑到柱子

上，然后用氢气填充。解开绳索的那一刻，气球就在空中飞了起来，一直飞越所有比氢气重的空气。当它上升到更轻的空气中时，它会开始在相同高度的平面乱蹿，就像飞上水面的气球一样。

热气球是这样制作的：首先做一个大空心球，收紧球的下方，就像一个倒过来的水瓶。在收口的位置捆一束棉花，再用酒精浸湿棉花，然后点燃。用火加热气球中的空气，使其比外面的空气轻，气球就会被顶上去，如同水中的气体一样。热气球就这样飞起来，直到它到达比气球中的热空气更轻的空气层。

大约一百年前，法国的孟格菲兄弟发明

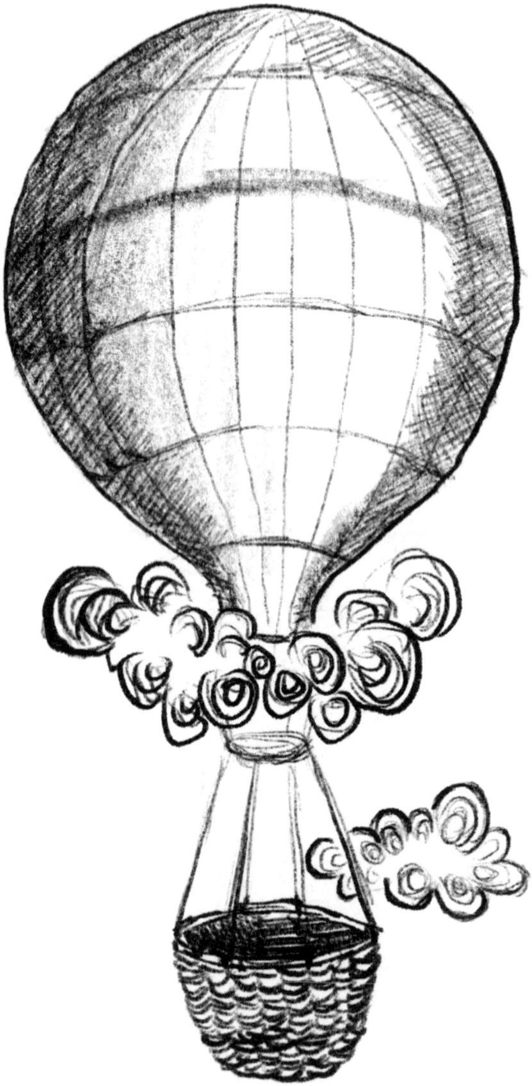

了热气球。他们用帆布和纸做了一个气球，里面装满热空气——气球飞了起来。然后他们做了一个更大的热气球，在气球下面系了一只羊、一只公鸡和一只鸭子，然后放飞了它，气球升起并安全落了下来。然后他们在气球下面放了一个小篮子，让一个人坐在里面。气球飞到了肉眼看不到的高度，最终安全降落。后来他们想到了用氢气填充热气球，让它飞得更高更快。

为了和热气球一起飞，他们在气球下面装了一个大篮子，篮子里坐着两个、三个甚至八个人，还带着食物和饮料。

为了随心所欲地上升和下降，气球里装

有一个阀门，飞行的人可以通过拉绳子打开或关闭阀门。如果气球升得太高，飞行的人想下降，就可以打开阀门，让气体逸出，气球被压缩，随即开始下降。气球里也配有装沙子的袋子。当装有沙子的袋子被扔出去时，气球会变轻，然后升起来。如果发现地面并没有河流或森林这样的美景，就可以扔掉一些沙袋，让气球变得更轻，气球就会继续上升。

## 流电

曾经有一个博学的意大利人伽伐尼，他有

一台电机。一天，他向学生展示电是什么。他用弄脏的丝绸用力擦拭玻璃，然后用黄铜把手靠近玻璃，一道火花从玻璃上飞到了黄铜把手上。他解释说，用封蜡和琥珀也能产生同样的火花。他展示了被静电吸住的羽毛和纸片——没有静电了，它们就会掉下来——并向他们解释了背后的原因。他向学生展示了很多这样的电学实验。

有一次，他的妻子生病了，他打电话问医生该怎么办。医生让他准备青蛙汤给妻子。伽伐尼找人抓了一些可食用的青蛙，杀了它们，然后把它们留在了桌子上。

在厨师来拿青蛙之前，伽伐尼正在向他的学生展示一台电机，电机在噼里啪啦地迸出火花。

突然，他看到已经失去生命的青蛙猛地抽了一下腿。他观察它们，发现每次机器发出火花时，青蛙腿都会猛地抽动。伽伐尼又找来一些青蛙做实验。每当他用机器制造火花时，青蛙腿就会抽动，仿佛青蛙还活着一样。

伽伐尼突然想到，青蛙活着的时候能够摆动腿，是因为身体里有电流。伽伐尼知道空气中有电，雷电也来自空气中的电流。

于是，他想看看死去的青蛙会不会因为空气中的电流抽动，于是他把死去的青蛙挂在屋顶铁水槽下的铜钩上，心想，当暴风雨来临时，空气中充满了电，就会通过铜钩传给青蛙，它们就会动起来。

但几次暴风雨过去，青蛙却一动不动。伽伐尼准备把它们拿下来，就在这时候，一只青蛙的腿碰到了铁丝，它猛地动了一下。伽伐尼把青蛙拿下来，又做了一个实验：他在铜钩上系了一根铁丝，用铁丝钩着青蛙腿，青蛙猛地抽了一下。

于是，伽伐尼认为动物之所以能活着，是因为它们体内有电，而电流从大脑跳到了身体上，使动物能够活动。当时没有人尝试过这件事，也没有人更懂电，所以他们都相信了伽伐尼的说法。但同时代的另一位博学之人伏特以他自己的方式也做了实验，并向所有人证明了伽伐尼是错的。他试着用与伽伐尼不同的方式去触碰青蛙，不是用铜钩和铁丝，而是用铜钩和铜线，或者用铁钩和铁丝——青蛙一动也不动。只有当他用一根与铜线相连的铁丝接触它们时，青蛙才会动。

伏特认为电不是在青蛙身上，而是在铁和

铜里。他实验了一下,发现是这样的:只要把铁和铜放在一起,就会有电,这电流让死青蛙猛地抽动了腿。伏特试图用不同于以往的方式生产电力。过去常常通过摩擦玻璃或封蜡来获取电力,但是伏特通过将铁和铜结合起来获得了电力。他把铁和铜等金属连接起来,仅仅通过银、铂、锌、铅、铁的结合,就制造出了电火花。

在伏特之后,人们试图通过在金属之间倒入各种液体(比如水和酸)来增强电力。这些液体使电

力更加强大，因此不再需要像以前那样摩擦来产生电了。将几种金属的碎片放入一个碗中，然后用液体填充就足够了，碗里产生电，通过电线导出电火花。

  这种电一被发现就开始投入应用：人们发明了一种用电镀金、镀银的方法，发明了电灯和一种用电远距离传递信号的方法。

  为了达到这些目的，人们将不同金属的碎片放入罐子中，然后将液体倒入其中。电被聚在这些罐子里，并通过电线传输到需要的地方，再将电线埋入目的地的地下。电流经过地面流回罐子，并通过另一根电线从地面上升。就这样，电流不断地绕着圈，从电线进入地面，然后沿着地面流通，沿着电线向上，再次穿过地面。电可以传输到人们想发送的任一方向：它可以先沿着电线走，然后通过大地返回，或者先通过大地，然后再通过电线返回。在电线上方，给出信号的地方有一根磁针，当电流通过电线并返回大地时，磁针朝一个方向转动；当电从地面发出并通过电线返回时，它朝反方向转动。随着磁针的转动，会产生一些不同的信号，人们通过这些信号，用电报来传递信息。

## 太阳的热

在一个平静的、结霜的冬日出门去,到田野里或者到森林里,环顾四周,听:你的周围都是雪,河流结冰,干枯的草叶从草丛中伸出,树木光秃秃的——一切都是安静的。

到了夏天,看:河水潺潺流转,青蛙呱呱叫着跳进水坑;鸟儿从一处飞到另一处,吹着口哨唱着歌;昆虫四处乱飞,嗡嗡作响;树木和草丛欣欣向荣,来回摆动。

向锅中加水并冷冻,水会变得像石头一样硬。把冰冻的锅放在火上,冰会开始破裂、融化、移动;水会翻腾,气泡上升;水沸腾时,打着旋儿并发出声音。世间的一切因为热的存在才展现出这般模样。没有热,一切都死了;万物都因为热而变得生动。如果热少,运动就少;热越多,运动就越多;如果有很多热,那么也会有很多运动。

世界上的热从何而来?它来自太阳。

在冬天,太阳运行得很低,它的光线没有直射大地,此时万物是静止的。当太阳开始在我们头顶运行、直射大地时,世上的一切就变暖了,开始动起来。

雪落下,冰消融在河中,水从山上流下来,水蒸气从水面上升到云间,雨开始降落。这一切都是谁做的?是太阳。种子发芽,长

出支根，支根抓住大地，老根长出新芽，树木和草开始生长。这又是谁做的？是太阳。

熊和鼹鼠结束冬眠，飞虫和蜜蜂苏醒，昆虫孵化，当天气温暖时，鱼从卵中新生，谁做了这一切？是太阳。

空气在一个地方变热，然后上升，出现更冷的空气——产生了风。是谁做的？是太阳。

云升起，聚集又散开，闪电闪烁。是谁制

造了那火？是太阳。

　　草、谷、果、树长大，动物找到食物，人类饱腹，为过冬收集食物和燃料，为自己建造房屋、铁路、城市。是谁准备了这一切？是太阳。

　　一个人给自己盖了一座房子。他用什么盖房子？用木材。木材是从树上砍下来的，但树是靠太阳生长的。

炉子是用木柴加热的，砖和石灰是用木头烧的。谁带来了木柴？是太阳。

人吃的土豆，是谁让它们长大的？是太阳。人吃的肉，又是谁使这些动物、飞鸟生长？是草，但是草是靠太阳生长的。

人所需要的一切——一切都是由太阳提供的，一切都来自太阳的热。人们之所以需要面包，是因为有太阳才有了面包，而且面包里有许多太阳的热，能温暖以它为食的人。

人需要木柴是因为它们含有大量的热。买木柴过冬的人，其实是买了太阳的热；在冬天，他想什么时候烧木柴就什么时候烧，让太阳的热进入他的房间。

有热就有运动。不管是什么运动，都来自热，要么直接来自太阳的热，要么间接来自太阳在煤、木头、面包和草中储存的热。

马和牛在拉磨，人在劳作，谁给了他们动力？是热。热从何而来？来自食物。食物也源于太阳。

水车和风车转动着碾磨。是谁让它们动起来的？是风和水。是谁驱动了风？是热；是谁在驱动水？又是热。热使水以蒸汽的形式上升，没有水先变成水蒸气的过程，水蒸气就不会变成水落下。一台机器在运作，它是由蒸汽推动的。谁制造蒸汽？木柴。木柴里储存着太阳的热。

　　热产生运动，运动产生热。热和运动都来自太阳。